Amuleto (1)

Questo libro di Graziano Graziani s'intitola *Planimetria sentimentale del disastro*, è il primo volume della collana Amuleto ed è stato pubblicato nell'ottobre del 2021 da Emanuele Kraushaar per conto di Tic Edizioni (ticedizioni.com), in via Agostino Bertani 9, a Roma. La copertina è stata realizzata da Reg Mastice e il progetto grafico da Michele Zaffarano. Il lavoro redazionale è stato svolto da Francesco Bertoldi e da Francesca Giammei. Questa copia di *Planimetria sentimentale del disastro* è stata stampata su carta Fedrigoni Sirio Lampone 290 g. per la copertina e Holmen Book 80 g. per gli interni da Print on Web, in via Napoli 85, a Isola del Liri (FR) nel mese di ottobre del 2021.

Graziano Graziani

Planimetria sentimentale del disastro

Il disastro ferroviario

Sul giornale c'è scritto che un treno è deragliato proprio nel momento di massima accelerazione, centrando il muro della montagna invece di infilarsi sicuro nel tunnel. Alzo gli occhi dalla pagina e penso che le traiettorie del destino sono imponderabili. Che quasi sicuramente portano al disastro, eppure noi viaggiamo tranquilli, convinti della meta e del suo inevitabile manifestarsi alla fine del viaggio. E penso alle persone, ai pensieri, agli effetti personali. Tutti sparsi alla rinfusa e schiacciati da una forza soverchiante, che sbatte, scuote, dilania e ti rovescia. Penso allo sconquasso e quasi mi pare sia quello del mio cuore. Perché ti penso e altro sostantivo non riesco a immaginare. E mi vergogno profondamente di questa similitudine, di questo accostamento, perché sento insostenibile la biforcazione di destini che si contende il mio smarrimento: quello di morte e quello d'amore. Sento irrispettoso il mio pensiero rivolto a te, mentre la gente muore in diretta tivvù, lo so e non posso farci niente. Perché tutto quello che mi viene da fare, guardando il disastro che incombe sul nostro presente, è soltanto abbandonarmi. Abbandonarmi all'imponderabile, all'inevitabile. Abbandonarmi al pensiero di te.

Il disastro motociclistico

La causalità che c'è dietro l'incontro imprevisto della ruota con l'asfalto mi atterrisce. Non un asfalto qualunque, ma quella serie di dossi e avvallamenti che nasconde una radice. Non una ruota qualunque ma proprio quella anteriore della moto, che perderà aderenza a contatto con la strada sconnessa. E sarà il motore dello schianto. È proprio questo e questo solo l'incontro che innesca lo scarto tra ciò che potrebbe essere ancora e ciò che non è più. E non è un innesco scontato. Sono miliardi i pneumatici che, proprio in questo momento, corrono a velocità forsennate lungo altrettante strade di cui è fatta la casualità del mondo. Sono miliardi le imperfezioni del manto stradale, le depressioni del terreno, le buche che si sono aperte nell'asfalto. Miliardi le crepe che spezzano l'ansia, tutta umana, di razionalizzazione. Non c'è planimetria possibile in natura. Non c'è linea diritta che resista all'assalto del caos; non c'è astrazione che sostenga lo sguardo del mondo. E per questo ti guardo e mi assale una strana forma di sollievo. Perché tra le strade possibili quella che abbiamo scelto, una su un milione, ha permesso che i nostri sguardi si incontrassero. E a un certo punto, mentre divoravo la strada senza guardarmi attorno, senza alcuna ragione a me conosciuta il tuo corpo si è trasformato di colpo nel motore dello schianto.

Il disastro metereologico

Il meteo sconsiglia di mettersi in viaggio con questo tempo. Le statistiche scoraggiano chi vuole avventurarsi per l'autostrada, dove impietosi gli incidenti intervengono in gran numero come la falce sul grano, a tranciare di netto sentimenti e possibilità di futuro. Non è certo un momento per imbarcarsi a cuor leggero su un aereo, anche perché la città che dovrei raggiungere è abbastanza vicina alla mia. E neppure il mare è un'idea sensata, i venti soffiano a una velocità mai registrata, che fa tremare arterie e vene persino ai marinai più esperti. E poi dovrei circumnavigare il paese, perché io e te ci affacciamo su mari diversi. Eppure, anche se le statistiche dissentono, non posso che mettermi in viaggio verso di te, mentre proprio adesso lamiere si accartocciano e treni prendono fuoco, ma mai come la mia testa che arde per il desiderio e per la distanza, invece, lacrima un po'. Le vite recise che tutt'attorno piangono la propria sorte non bucano la membrana auricolare del mio cuore sordo, organo involontario e organico soltanto al pensiero di te.

Il disastro sottomarino

Maestoso è il disastro sottomarino. Il silenzio delle acque lo racchiude, lo nasconde alla vista, lo preserva dal rumore del mondo. Per osservare il disastro occorre scendere in profondità, addentrarsi dove tutto diventa oscuro. È nel silenzio assoluto che si osservano gli scafi arrugginiti, gli oblò incrostati di flora subacquea, le viti e i bulloni trasformati in congiunzioni irreversibili. Laggiù, sul pontile, le alghe fluttuano sinuose e con lentezza. Tutto fa pensare a un fresco pomeriggio di tarda primavera, ma non c'è aria e non c'è vento, solo correnti che sembrano innocue e invece, lentamente, sconquassano i fondali. C'è fascino, paura, mistero e quell'incredibile brillantezza dell'oscurità. E a guardare la consistenza compatta dei metalli abrasi e solcati di calcificazioni tanto da farli sembrare fossili, penso che la durezza è solo un'illusione. Quando ci penso, quando penso a tutto questo, vorrei chiederti di immergerti con me per ammirare la solennità delle chiglie spezzate, il misticismo degli squarci profondi nelle carene, la pace inquieta delle stive allagate. E dirti che non c'è superficie possibile da condividere se non si condivide anche l'abisso.

Il disastro interplanetario

Quando penso che l'importante è tenersi assieme, in un mondo che pare destinato inevitabilmente alla rovina, non immagino nulla di più lontano dai legami stanchi e abituali in cui la gente si rinchiude come dentro case senza finestre. La direzione del mondo è il disfacimento, su questo siamo d'accordo entrambi, e non è certo contrastando l'entropia che troveremo un posto per noi nell'universo. Meglio, piuttosto, cavalcare le comete solcando lo spazio siderale, tuffarsi nelle esplosioni stellari come nel vortice di una coreografia. Ogni emozione sprigiona energia, è l'epicentro del disastro, l'esplosione spettacolare che non finisce di stupire. Quella che prende ogni singolo atomo e ne scinde le parti, che trancia via di netto i ponti di cui è fatta la grammatica molecolare. L'energia che fa vibrare la materia del mio corpo come vibra il cosmo. Come vibra il tuo. Quell'energia che scioglie i legami ma che ci tiene assieme come onde, che oscillano nel vuoto in continua risonanza.

Il disastro atomico

Il disastro atomico annulla di colpo l'estensione dello spazio e del tempo. Non abbiamo testimonianze dirette di chi si trova al centro dell'esplosione, dove l'onda d'urto è così potente che, anziché spazzare via i corpi e la materia, li sospende in un presente infinito e fluttuante, affogandoli in una luce di insostenibile nitore, bianca oltre misura, che come un'overdose di energia mangia tutto il mondo attorno nascondendolo alla vista – senso oramai inservibile. Lo stesso avviene per il paesaggio sonoro, che nell'epicentro della detonazione si fa muto, ovattato quasi, con qualche crepitio come di temporale, ma udito da laggiù, molto lontano, molto distante. È questo l'effetto che la tua presenza ha sulle cose visibili, quando ti avvicini. Questa è la fine che fanno gli oggetti e i luoghi quando mi tocchi, avviandosi sulla strada di un collasso senza rimedio delle leggi che governano la materia. Si spezzano i legami tra gli elementi, si sovvertono le forze conosciute, e quell'attimo in cui tutto sembra dissolversi si dilata prepotentemente all'infinito.

Il disastro epidemico

La nostra faccia si riempirà di chiazze scure, ma non ce ne accorgeremo fino a quando non sarà troppo tardi. L'infezione si propagherà nel nostro corpo che opporrà una resistenza risibile, appena accennata, del tutto inadeguata a fare fronte all'impetuosità del contagio. E non potremo incolpare nessuno se non noi stessi, per essere stati disattenti, per esserci esposti a questa invasione. Ci guarderemo negli occhi con immutato stupore, mentre la secchezza delle fauci testimonierà il progressivo avanzare dell'infezione e della nostra impossibilità di sentirci normali l'uno di fronte all'altra. Avremo la pelle ardente, un sudore copioso tra questa e i vestiti, la carne gonfia e gli occhi in fiamme e non sapremo riconoscere la differenza tra il momento in cui ci siamo visti per la prima volta e l'effetto dell'epidemia. Che si propaga, come ogni forma di contagio. E rende morbidi i muri, gonfie le strade, tumidi i palazzi, fino a vestire tutto il mondo che abitiamo di un'estrema fragilità. Perché ogni cosa è a rischio di contagio, ogni cosa è sotto assedio, dato che nessun aspetto dell'esistenza resta indifferente e immutato dopo la promiscuità dell'incontro. Dovevamo immaginarlo; in fondo mescolarsi significa mettere a rischio le proprie difese immunitarie. E ogni forma d'affetto è già esporsi a una forma di infezione, che prenderà il sopravvento, possederà il nostro corpo, lo squasserà e non lo lascerà se non inerte, di certo non uguale a prima.

Il disastro elettromagnetico

Viviamo immersi in campi invisibili di energia e magnetismo. Laddove pensiamo di muoverci liberi in uno spazio vuoto, anche in quel caso c'è un qualcosa che fa la sua comparsa, che ci avvolge e ci tiene inconsapevolmente immersi nella sua esistenza. Reti di energia che si avviluppano come lacci e filamenti sulle nostre braccia, si annodano alle gambe, ci fasciano il viso tirandolo all'indietro. Non c'è gioia in questa rete che ci attraversa, ma un'interconnessione che è fatta di bisogno, un'ancora che ci lega a ogni altro punto di intersezione che forma, assieme a noi, il sistema. Un vincolo invisibile che condiziona le nostre scelte, ci sposta le dita della mano senza che noi ce ne accorgiamo e, secondo qualcuno, agirebbe in profondità sulle nostre cellule fino a farle impazzire. Non c'è liberazione possibile da questa tela di ragno, non è possibile disfarsene finché un magnetismo opposto non comincia ad agire in modo contrario e altrettanto intenso. È quello che mi lega a te, l'unica cosa in grado di sottrarmi alla trama fitta del mondo, a quella trama che sembra non avere fine, che sembra non avere un fuori. Quel fuori impossibile esiste, invece, e si manifesta come un'insperata liberazione nel momento esatto in cui le nostre orbite entrano in contatto.

Il disastro alluvionale

Il disastro alluvionale travolge tutto con la forza dell'acqua, che si abbatte sulle pareti e sulle porte, scuote le finestre e invade le strade, gorgogliando cupamente sulle bocche dei tombini aperti, che lanciano un urlo come di lupo ferito. Penso alla tua assenza come a una festa in casa, con gente annoiata che gioca a carte, mentre fuori l'alluvione romba e distrugge e il suo ribollire è un suono greve e orribile, come si fosse spalancato l'abisso sotto di noi, come se l'inferno avesse di colpo squadernato le sue porte, mentre tutti inconsapevoli continuano placidamente a giocare e annoiarsi, e io solo avvertissi il delirio che incombe, il fiume in piena che scassa le fondamenta, disfa la terra su cui tutti poggiamo e ci risucchia velocemente verso una fulminea rovina. Tutto prosegue nel suo irreale equilibrio quotidiano, mentre il mondo sembra prossimo al disfacimento. È questa oscillazione tra la quiete e la tempesta che descrive il mio dentro e il mio fuori. È l'urlo sordo che risucchia ogni simmetria e bilanciamento, l'urlo della distanza da te, mentre attorno ogni altra persona crede – o finge – ci sia solo silenzio e armonia. È il fiume in piena della mancanza, che sbatte, scassa, sibila e sconquassa, e si porta via nella sua corsa rovinosa i detriti di una realtà che sembrava solida soltanto poco tempo fa.

Il disastro vulcanico

Ci rivolgiamo ai vulcani come a delle divinità arcaiche e possenti, pronte a esprimere senza limitazione la propria volontà terribile, per di più incomprensibile. Cosa innesca lo scoppio? Cosa porta alla fuoriuscita di magma e di altri materiali che, una volta sparati in cielo, assumono la bellezza feroce dell'incendio e promettono segreti e significati che forse non posseggono, spinti come sono dal determinismo geologico che muove i fiumi carsici di lava intenti a scorrere sotto alle nostre esistenze imperfette e del tutto indifferenti al nostro destino?

La scienza non sa darmi la risposta che cerco ed è per questo che, ogni volta, riconosco nei tuoi occhi la medesima incandescenza quando, sfiniti, si puntano fissi su di me, pieni di una fierezza muta ma non meno agguerrita, nonostante sia già esaurita ogni possibilità di parola. Attendo l'esplosione con timore, cosciente della mia inadeguatezza di fronte alla manifestazione del divino, perché non è dato a tutti di comprendere il linguaggio dell'espansione della materia, dell'energia che la lancia a velocità così incommensurabili da rendere immediatamente nuda la fragilità degli esseri detti umani. Temo quella tua forza distruttrice e però la evoco ogni volta, come una preghiera, come uno scongiuro, perché so che sei tu, la tua ira, il tuo furore, a mettermi in contatto con la parte più rovente del mio stare al mondo.

Il disastro telefonico

Questo piccolo tumore sviluppato all'altezza dell'orecchio, ma che interessa il cervello e la sua materia, per quanto benigno è un segnale inquietante. È lo spessore improvviso che si frappone tra quell'orecchio e il mondo, il callo scomposto che testimonia il logorio dell'essere vivo tra altra gente viva che mai riesce davvero a entrare in contatto. Benché le teorie non sempre concordino, sono tutti persuasi del fatto che l'uso prolungato del telefono cellulare sia la causa prima di questa patologia, che per quanto non immediatamente mortale accompagna chi ne viene colpito fino alla fine dei suoi giorni. Un crescere impazzito delle cellule è l'effetto di una richiesta disperata di attenzione. Un grumo di materia ulteriore tra l'encefalo e l'esterno inspessisce beffardo il confine tra l'io e il mondo. E la solitudine, che speri di sconfiggere parlando coi tuoi simili, ritorna ad affacciarsi vittoriosa e si infiltra persino nei gangli del tuo corpo. Per questo vivo come un'epifania la tua presenza, che riesce a essere un fatto totale, per me, senza neppure usare la parola.

Il disastro epidermico

La nostra pelle escoriata si farà accesa, come illuminata dall'interno, trasparente, a scoprire il rosa della carne viva. E poi si seccherà e si spaccherà, come una screpolatura del terreno nelle zone equatoriali. Saranno scarti di noi le scaglie bianche della pelle che, spaccandosi, si spargerà al suolo come una neve leggera. Ma leggera non sarà la smania con cui continueremo a grattare via la nostra epidermide secca, ad aiutarla con foga nel processo di desquamazione, rigando con le unghie il terreno accidentato della pelle martoriata. E quelli che una volta erano i nostri corpi saranno carichi di segni misteriosi, solchi frenetici impossibili da decifrare. La superficie del nostro corpo, istoriata come il portone di un battistero, sarà la traccia vivida del nostro esserci cercati, del nostro esserci trovati. Un geroglifico organico, una storia in perenne mutamento, perché la pelle arida e sempre più a pezzi non ci concederà tregua, non ci permetterà di smettere di grattarla. Sarà un'ansia continua, un continuo consumarsi, un continuo incidere nonostante il dolore. Perché sarà irrinunciabile, nonostante bruci, tornare ad addentrarsi dentro noi, dentro questo incontro che si è innestato sotto la pelle, in quelle pieghe della carne che nascondevamo gelosamente.

Il disastro tellurico

È più che logico che lo scontro tra le placche di cui è composta la superficie del mondo produca uno stridore e uno sconquasso tali da far tremare ogni cosa attorno. Tutto è scritto nella contraddizione di corpi immobili e pesanti che si abbandonano al dinamismo e al movimento. La forza che li attrae, che li spinge uno nelle braccia dell'altro, non potrà che sbriciolarli almeno in parte. Lo so bene che non si esce integri da un abbraccio simile, che scuote dalle fondamenta l'idea stessa di sé che ha chi, come me, si riteneva statico e ancorato alle sicurezze del proprio mondo, all'immobilità minerale delle proprie convinzioni. Per questo, incontrarti ha significato cominciare a tremare. A fracassare il suolo con la stessa immane forza che servirebbe alle montagne se volessero spostarsi. È un'immagine sciocca, per quanto possente, come sciocco era il mio ostinato credere impossibile che un simile movimento potesse accadere. Eppure, quando ti ho vista, davvero la terra ha cominciato a scuotersi, perché non c'è più motivo di restare ancorati a convinzioni antiche, quelle che dicevano che non c'è essere al mondo per cui questo può succedere. Quell'essere c'era, era lì, e la roccia ora veleggia come una trireme verso una variante del mondo dove le regole della fisica dei solitari sono sovvertite, e la terra trema, sì, ma senza più paura.

Il disastro aerostatico

Se lo ricordano ancora, che solcava i cieli, lo Zeppelin, quello strano congegno che mescolava leggerezza e possanza e sembrava lasciarsi dietro non solo la terra, i fiumi e le foreste, ma anche il tempo della prudenza e della nostalgia. Era il simbolo della modernità, la linea sinuosa disegnata dall'ingegno dell'uomo che sfida sicura le leggi della fisica, le piega al proprio volere con eleganza perfetta. Io, quando passeggio al tuo fianco, lungo la riva del fiume, e l'aria si carica di una luce commovente che sembra quasi esplodere, come se fosse gonfia di temporale e invece è morbida e carica soltanto dell'elettricità delle nostre emozioni, io in quei momenti mi sento come lo Zeppelin che solca l'etere, sicuro, moderno, senza ombre se non quella che noi, proprio noi, illuminati dalla luce di un sole viola che si spegne, proiettiamo centinaia di metri sotto di noi, sopra le teste degli ignari mortali. Perché i nostri corpi insieme sembrano non incontrare attrito e solcano lo spazio, disegnando geometrie perfette, degne delle orbite più ardite. Lo so, lo so che dentro coviamo l'innesco della nostra caducità, che siamo gonfi di una leggerezza infiammabile, che ci innalza sicuri nell'aria, dimentichi di tutto, ma che può prendere fuoco ogni momento e ridurci a un cumulo di cenere. Ma è in fondo questo il motore di ogni leggerezza, è il suo essere instabile che ci innalza, la sua capacità di tramutarsi in un disastro che ci inebria e ci fa dimenticare il peso dei corpi. E se pure il disastro avvenisse, se lo Zeppelin si accendesse divorando sé stesso, disegnare cadendo con te la nostra personale scia di luce sarebbe il privilegio di chi è precipitato sfiorando con un dito l'impensabile.

Il disastro della materia

Quando il lavoro del tempo e degli elementi avrà corroso ogni molecola di questo appartamento, dissolvendo i legami che tenevano ognuna di esse assieme alle altre, se qualcosa di noi in questo universo sarà ancora senziente, allora e solo allora ci renderemo conto di quanto abbiamo vissuto in un mondo che non esiste, né è esistito mai. Mentre atomi che una volta erano concatenati l'uno all'altro vagheranno liberi per remoti quadranti del pianeta, storditi dal loro essere non essere più parte di un tutto, noi ricorderemo questo appartamento che ci ha visto abbracciati, avvolti in un reciproco calore. Cercheremo di capire, con occhi che non saranno occhi, dove si trovassero in passato le vie di fuga del pavimento, lungo le quali decollavano i nostri pensieri in certe mattine languide e oziose. Immagineremo, sapendo di sbagliare, il percorso esatto delle mura, il volume da esse racchiuso, l'odore che un tempo c'era ed era il nostro e che s'è disperso chissà dove, diluito nell'odore del mondo esterno, dell'indistinto naturale, che ha guadagnato nuovamente terreno. Sapremo allora che quell'appartamento non è esistito mai, che era il frutto di un'ansia di razionalizzazione, del bisogno della specie umana di smussare le asperità, appianare i dossi, armonizzare i bordi frastagliati e costruire così un mondo ideale, adatto ad accogliere il nostro stare assieme come lo furono quelle quattro mura. Sapremo a quel punto che i nostri piedi hanno camminato su percorsi inesistenti, le nostre mani sfiorato pareti di nulla, perché la geometria dell'edilizia non è che il sogno puerile di una scimmia malinconica, un momento infinitesimale del mutare di stato della materia. E capiremo che, di tutta quell'illusione che ha contenuto i nostri corpi, l'unica cosa reale che abbiamo avuto modo di toccare è stata la nostra pelle.

Il disastro del contagio

Il disastro del contagio se lo ricordano bene tutti coloro che avevano paura di perdere la propria autonomia. Quella genia di donne e di uomini che concepiscono sé stessi come qualcosa di separato dal mondo, da conservare gelosamente e proteggere dalle influenze esterne. Influenze che, lo sai, possono essere virali, insinuarsi lungo le vie respiratorie fino a penetrare nel più profondo del corpo e dell'io, portando la temperatura in ebollizione e il sudore sulla fronte. È una categoria di persone sospettose e accigliate, che tengono la testa protetta tra le scapole tanto da sembrare di non avere un collo, e assumono pose impossibili, storte, sbilenche, pur di chiudere il maggior numero di varchi che il corpo offre all'esterno. È una categoria di gente alla quale, lo sai, appartengo anche io per ascendente caratteriale e familiare. Sono figlio dell'attesa, dell'incertezza e del disagio e rifuggo l'iniziativa come il vampiro rifugge i raggi del sole. Sono maniaco della conservazione, quella lotta contro il disfacimento che attende ogni cosa, e che nasconde la paura di quando il turno sarà il nostro. Per questo ho cercato di mantenermi intonso, impermeabile per quanto possibile agli agenti inquinanti, costruendo barriere di propoli e aspirina contro i futuri contagi, fino a quando sei arrivata tu a mettere in discussione lo stato del mio essere, che si è fatto da rigido a morbido, da solido a liquido, in grado di mescolarsi e di entrare in connessione.

Il disastro del disordine

Il disastro del disordine è solo un disastro apparente, perché l'ordine non esiste se non nella nostra testa. Vallo a raccontare alla natura, che sedimenta diversi materiali in composizioni geologiche di millenni, che assumono forme e colori così impensabili da sembrare opere d'arte. Vallo a dire all'acqua, che scava in ogni dove senza altro criterio che la necessità di scorrere, creando anse di fiumi, stagni voluttuosi e laghi vulcanici; vai a dirle che sarebbe più ordinato seguire una linea retta quando solca feroce la materia. L'ordine esiste soltanto per noi, è la griglia in cui ingabbiamo il mondo per non sentire la paura del buio infinito e siderale, per ingannare l'ansia che proviamo di fronte alla vita e alla sua mancanza di senso. È il pretesto perfetto per condannarci da soli alla fatica di Sisifo, a un lavoro costante di manutenzione del significato, mentre la materia si ribella alle geometrie, ne inventa di proprie, non sottostà al giusto né all'opportuno e si erge sopra i nostri calcoli con la bellezza ferina di chi non riconosce fini ultimi. La ricerca dell'ordine è lo stordimento definitivo, che ci tiene impegnati in eterno. E tu, che sei esplosa nella mia esistenza come una preghiera al disordine, che hai solcato i cieli del mio essere con la grazia di un angelo vendicatore che leva la sua spada contro le prepotenze del significato, hai squassato in pochi attimi ogni geometria, hai squarciato radiosa ogni rassicurazione, portatrice di morte dietro le sue promesse di protezione. Per questo ti ho accolto nella mia vita come un elemento di salvezza e devastazione. I contorni delle cose hanno perso la loro nettezza, le parole parte del loro significato, ma l'aria non è mai stata tanto piena di atomi da respirare.

Il disastro cardiocircolatorio

Non è una novità, il cuore dà problemi, l'organo in cui riponiamo i sentimenti, o almeno immaginiamo di farlo, è quello che ci tradisce con più facilità. È un organo che si logora, che accelera e decelera, esposto alle intemperie sentimentali come a quelle alimentari, facile bersaglio degli stati d'ansia e delle placche di colesterolo. È evidente che una vita priva di stress e una buona alimentazione, unitamente a un costante allenamento fisico, potrebbero avere un effetto positivo sulle condizioni del miocardio. Ma è altrettanto vero che qualunque sussulto dell'esistenza, oltre a rischiare di compromettere lo stato dei tessuti cardiaci, ha l'effetto di ricordarci che siamo vivi. Così come il tuo sguardo, una mattina d'autunno, si dimostrò in grado di riverberarsi nell'eco di mille sobbalzi, richiamando prepotentemente l'attenzione del mio senso della misura e dell'istinto di autoconservazione, per notificare loro impunemente che ogni velleità di controllo era mal riposta, un'illusione neppure troppo pia. Già, era forse piuttosto un'illusione meschina, frutto di premura eccessiva nei confronti di quell'ennesima manifestazione dell'essere, neppure troppo originale, che risponde momentaneamente al mio nome. E cioè un guscio fragile e maldestro, certamente poco duraturo, verso il quale è inutile esercitare una smania di preservazione, se è vero che in quel momento, mentre vibrava come un fascio di canne d'organo, in quel tremore avvertivo tutta la caducità a cui si era esposto, ma anche la gloria più grande a cui si potesse abbandonare.

Il disastro aereo

Il disastro aereo è un grande classico, forse il classico per eccellenza. Nonostante le statistiche si sforzino ogni volta di ricordarci quanto sia molto più probabile morire per una malattia, o per un incidente automobilistico, sottolineando quanto la percentuale dei morti sia statisticamente così poco rilevante da rendere il trasporto aereo di gran lunga il modo più sicuro di spostarsi, il disastro aereo resta sempre ben saldo nell'immaginario come il principe dei disastri, l'opzione più temuta e regale dell'atto di consegnarsi inconsapevolmente alla malora. Sarà certamente per il suo carattere spettacolare. Sarà per il fatto che in un sol colpo sono centinaia le persone che restano uccise. Sarà per il morboso carico di dettagli con cui i media raccontano simili episodi. Fatto sta che il disintegrarsi di una carlinga porta con sé una deflagrazione dell'immaginario che pochi altri avvenimenti sono in grado di condensare. Porta con sé, soprattutto, lo scandalo di un sistema dell'ingegno umano che ha escluso la parola "imprevisto" dall'orizzonte delle sue possibilità, per poi vederla affacciarsi di colpo nella sua manifestazione più esplosiva e funesta. Dovremmo piuttosto chinare la fronte davanti all'imponderabile che irrompe, davanti alla terribile conferma di quanto sia vano cercare di prevedere ogni variabile. Dovremmo farci piccoli e muti, come di colpo divenni un giorno di fronte a te, che manifestandoti hai deviato ogni progetto e ogni percorso verso direzioni mai neppure lontanamente immaginate.

Il disastro biologico

Il disastro della biologia ci fa affogare in desideri bulimici, inestinguibili, ineludibili. È l'ansia dell'essere finito, che ha bisogno di accumulare senza sosta, quando può, ciò che gli manca: nutrimento, godimento, protezione. È una corsa ad accaparrarsi ciò che è possibile accaparrare, perché la miseria è dietro l'angolo e la biologia ci ricorda che siamo esseri fragili, indifesi, gettati a forza nella natura ostile, in definitiva soli. Ecco perché chiediamo con insistenza che ogni desiderio sia realizzato, che lo sia al massimo, in ogni momento, ma così facendo non mitighiamo l'angoscia della solitudine, piuttosto la facciamo brillare nel buio, come un pauroso faro nella notte. È molto difficile togliersi di dosso quest'ansia che ci brucia, quest'angoscia biologica che fa di noi esseri votati alla rovina e consapevoli di questa corsa inevitabile. Mentre dentro di noi ci illudiamo di essere speciali, fuori tutto trama per dirci che siamo soltanto un accidente della specie, un individuo sostituibile nella grande corsa dell'evoluzione. Ma quando un paio di occhi come i tuoi si manifestano, la bulimia si placa e si rovescia in calma. Non c'è inganno nello scoprire allora che in fondo è lo sguardo dell'altro, fragile e impermanente, a renderci di colpo unici, speciali, immensi, totali. Non c'è inganno perché, anche se non lo saremo per sempre, lo siamo almeno qui, almeno ora, mentre tutto attorno altre leggi governano il vivere degli uomini.

Il disastro della siccità

Ho una sete di te che mi corrode. Avverto l'arsura non appena mi sveglio la mattina, quando ancora il buio è una placenta gommosa e calda, e le mie mani brancolano in cerca di un po' d'acqua. Ma l'acqua non si trova, è un traguardo irraggiungibile, un bene prezioso che qualcuno ha messo sotto chiave per controllarne il flusso. È una forma di ricatto che pian piano si trasforma in una forma di tortura. La bocca impastata non riesce più ad articolare suoni comprensibili e tutto, ferocemente, si riempie di calore. Se apro le imposte la luce divora ogni cosa e l'inconoscibile, dal nero, prende l'aspetto del bianco. E se penso che da qualche parte deve esistere una fonte a cui è possibile estinguere questa sete di te, tutto attorno, invece, non è che terra riarsa e crepe scomposte su un terreno argilloso, friabile, che implora l'acqua come si implora l'amore. A perdita d'occhio non c'è altro che terra, terra esplosa dal troppo calore, e la fonte che potrebbe redimere tutta questa siccità sembra stagliarsi nello spazio del sogno, al pari di un'ingenua utopia. E se così fosse? Se l'acqua non fosse che pura invenzione? Se il deserto fosse l'unica dimensione reale e la sete una condizione inestinguibile? Se così fosse anche il più ostinato degli uomini smetterebbe di cercare, ma le leggende su terre lontane, lussureggianti e fertili, non smetterebbero di animare i discorsi a tarda sera, quando la calura infernale sfuma appena un poco e permette alla gente di radunarsi e parlare. Perché è impossibile arginare l'illusione, come impossibile è quietare questa sete di te.

Il disastro della neve

Quando comincia a prepararsi, il disastro di neve si annuncia con crepitii appena udibili, rumori talmente ovattati che non sembrano nemmeno rumori, ma lamenti, gemiti del ghiaccio che si rompe. Solo più tardi, quando la valanga scende, il rombo si gonfierà fino a riempire l'aria del suo suono furioso. Ma non è davvero quella la forza, non è quello il suo senso più profondo, quell'orgasmo cinetico che travolge e ci ricorda il nostro essere minuscoli, fragili, pronti a venire sommersi e spazzati via. L'aspetto più temibile, in realtà, è l'abbraccio totale con cui la neve copre ogni cosa, il momento in cui si ferma e sembra cancellare l'orizzonte. Spariscono le case, gli alberi, le cose. Spariscono le finestre, i sentieri, le luci in lontananza. Tutto è chiuso in una morsa che è morbida e invincibile, soffice che persino la diresti lieve, e invece imprigiona e impedisce di uscire. E penso che noi, se si finisse intrappolati lì sotto, dentro quel bianco che annulla ogni ipotesi di esterno, finiremmo per sentirci a casa. Dimentichi del mondo, del suo odore, del suo suono logorante, del suo sguardo, dell'infinita rincorsa delle cose. Avremmo freddo, è vero, e avvertiremmo il gelo alle ossa, ma sarebbe come stare accucciati nel letto sotto le coperte in una sera di inverno. E pure se una voce razionale continuasse a dirci che incastrati lì, per noi, non resta che poco tempo ancora, tale sarebbe il prodigio di quella sparizione – di noi dal mondo, del mondo da noi – che finiremmo per credere che quel poco tempo sia, invece, la durata perfetta.

Il disastro edilizio

Il disastro edilizio è un disastro annunciato, perché è impossibile tenere assieme forze centrifughe che tirano in direzioni opposte, la voglia di spazio, l'esigenza del risparmio, l'appetito dei costruttori, i piani regolatori, l'indecifrabile logica degli amministratori e delle norme, che creano un enorme ingorgo di interessi e di intenzioni, che vanificano ogni sforzo di costruire case solide in grado di sfidare il tempo. Ma se anche il nostro appartamento fosse fatto a regola d'arte, anche fosse il posto perfetto per restare in disparte, lontani dal mondo, lo spettro del crollo non sarebbe estinto, soltanto spinto un po' più lontano, solo giusto un po' più in là. Perché, lo sai anche tu, è un'illusione quella degli esseri umani, l'idea che si possa costruire qualcosa di eterno, che non abbia paura delle intemperie e dei sismi, dell'erosione ordinaria e di quella straordinaria, come se il futuro non fosse alla fine una promessa di disfacimento, di nuovo spazio lasciato a speranze ulteriori. Qualunque cosa io e te costruiremo poggerà su questa promessa di futura assenza, sul terreno friabile del cambiamento. Ma non per questo smetteremo di costruire, e la forza di questa azione sconsiderata starà proprio nel fatto di sapere che ogni cosa si disfa, ogni legame atomico prima o poi si allenta, ogni cemento si erode e ogni ordine deflagra, ma non ora, non oggi, forse non ancora, e allora lo spazio e il tempo che restano sono comunque per noi.

Il disastro dei sistemi complessi

Viviamo in un mondo che tende a controllare ogni cosa affinché tutto sia efficiente. Dal traffico delle merci ai voli aerei, dalle grandi opere urbanistiche alle avveniristiche tecniche mediche, ogni sistema è fatto di segmenti pensati appositamente per svolgere il proprio lavoro e interagire col tutto. La complessità di questi sistemi è enorme, quasi inconcepibile, e per funzionare senza intoppi ha bisogno di prevedere ogni variabile. Perché quando un sistema è complesso anche il più piccolo errore può convertirsi nel più grande dei disastri. Un piccolo circuito mal progettato può scatenare inferni. Ma la complessità del sistema è frutto di calcoli fatti migliaia di volte, di controlli effettuati da centinaia di cervelli, di progetti pensati da menti superiori. Questo è quello che si chiama un sistema complesso: un sistema che tende a escludere l'errore dal proprio orizzonte di calcolo. Più sarà efficace nel farlo e più l'errore sarà un'eventualità remota, finché sarà possibile dimenticarcene. Ma siccome è impossibile computare la massa infinita degli eventi, l'errore resterà un'ombra, un'eventualità remota che quando accade si manifesta sotto forma di disastro. Più complesso è il sistema, più difficile l'errore, più grande il disastro quando si verifica. E così l'incontro tra me e te, le cui ragioni sfuggono alle conosciute possibilità di calcolo e superano per complessità ogni sistema finemente congegnato, si staglia nell'orizzonte del tempo come un evento indecifrabile, come il frutto di una collisione stellare, l'evenienza imponderabile le cui conseguenze sono fuori dalla portata delle previsioni matematiche. L'incontro tra me e te è il calcolo impossibile foriero di disastri fuori dalla portata dell'immaginazione.

Il disastro dell'abbondanza

La varietà del mondo non smette di affascinarmi, ma quando mi stanco di ammirarne la superficie e la guardo in profondità finisco per sentirmi soverchiato. Cosa ci faccio in questo panorama vastissimo di scelte, dove te o un'altra te è praticamente la stessa cosa? Cos'è che definisce chi sono, la scelta, il caso o la concomitanza? Ciò che si verifica per primo o ciò che successivamente acquista significato? Quando un tempo le opzioni erano limitate altrettanto limitata era la mia mente. Ti avrei trovata, a quel punto, in uno strettissimo raggio di conoscenze, oppure non ti avrei trovata mai. Eppure, in quell'ottusa prigione delle relazioni, ogni gesto poteva dirsi direttamente figlio del proprio mondo, del proprio ambiente, di quell'anima collettiva e primordiale che agita sovrana il gruppo delle famiglie e quello dei pari. Con l'ampliarsi delle scelte si ingrandisce il mondo, si moltiplicano le possibilità. Ogni angolo di strada è una promessa di meticciato. Ogni volto racchiude in potenza una ricchezza inestimabile. Ma ogni gesto, a quel punto, vale l'altro. Ogni sguardo è intercambiabile, ogni opzione rimpiazzabile. Occorre una disciplina ferrea, allora, per trovare un senso tra le possibilità, o il tuo sguardo tra la folla. Occorre una fede incrollabile nelle forze invisibili che sorreggono la trama segreta del mondo per convincersi che quello che avverto è davvero il tuo odore e non quello di una qualunque persona che potrebbe prendere il tuo posto. Il vasto orizzonte della libertà è il suo regalo più prezioso, oltre che la sua punizione più terribile.

Il disastro del non incontro

Il disastro del non incontro si manifesta un martedì come gli altri, quando la settimana è appena cominciata e gravida di incombenze non accenna a lasciare la presa della stanchezza mentale, tanto da rendere invisibile il tuo sguardo al mio. C'è altro, c'è sempre altro che sovrasta le nostre menti, perché ogni forma di complicità è consumata come le parole di una vecchia canzone. E, soprattutto, manca il tempo. Manca sempre il tempo, il tempo di osservare noi stessi dall'esterno per comprendere fino in fondo perché non riusciamo più a incontrarci. Quante possibilità avevano i nostri percorsi di trovarsi l'un l'altro, di scorrere paralleli lungo una strada che né io né te sapevamo di dover percorrere? E di fronte al miracolo di questo trovarsi, cosa ci dice il disastro del non incontro? Che il calcolo dell'imponderabile aveva una variabile nascosta? Che ogni frattura dell'ordinario flusso del tempo viene assorbita come una cicatrice, che lascia memoria di sé su una superficie che tuttavia riassorbe ogni strappo? La legge dei grandi numeri, alla fine, vince sempre – e il miracolo è solo una parola di scarsa precisione che serve a nascondere le deficienze di chi non è in grado di incrociare le ascisse e le ordinate, e non sa rinunciare a distorcere la statistica per giustificare gli impeti del cuore.

Il disastro del non ascolto

È come se a un certo punto l'orecchio si sintonizzasse su un'altra frequenza, tra uno spettro di suoni abituali e uno spettro di suoni che abituali non sono, cambiando impercettibilmente l'ambiente in cui sei immerso e la sua acustica, spostando l'attenzione verso particolari acufeni di cui inizialmente non ti rendi conto, ma che esistono, ci sono, e cambiano il senso profondo di ciò che senti. Tutto sembra uguale ma è diverso. Tutto sembra familiare ma allo stesso tempo piccole frequenze si innestano sul già sentito, friggono, creando un rumore di fondo appena percettibile ma fastidioso, ostile. È allora che qualcosa succede, e anche se attorno a noi tutto sembra identico, già ogni cosa acquista un sapore diverso. Perché non si riesce più a sentire quello che dici, perché la tua bocca si muove e non emette suono, perché il tuo sguardo corrucciato mi comunica che forse mi sono perso qualcosa dei tuoi discorsi, anche se sono convinto che tu non hai proferito parola. Allora proseguo nelle mie faccende, come se nulla fosse, ma qualcosa si è incrinato e un suono acuto, che supera le capacità percettive dell'orecchio umano, si è già insinuato tra noi. È il suono impossibile, il suono del non ascolto, che mi spinge a guardare con maggiore attenzione a quello che sto facendo per evitare di concentrarmi sulle tue parole. Ma intanto il non ascolto già aleggia su di noi come una strana, appena percettibile, forma di disastro.

Il disastro della non comprensione

La mattina è diventata una sorta di piano inclinato, dove ci si muove con tatto e con rigore, evitando che qualcosa di ciò che sentiamo possa prendere la china e scivolare via. È tutto come prima ma è diverso, lo avverti da un malcelato nervosismo che riempie l'aria, un malcelato nervosismo che ci ostiniamo a negare. Che cosa è diverso, in fondo? Cosa è cambiato? Forse il sole non entra di taglio dalla finestra come tutte le mattine, illuminando d'oro la parete bianca della cucina? Forse il sapore del caffè non è sempre quello, l'aroma che si diffonde per casa non ha la stessa intensità? Non sono gli stessi prismi di luce che vanno a conficcarsi nel bicchiere, accecando il nostro sguardo? Ostinarsi a non voler comprendere i cambiamenti è il primo segnale della non comprensione, quel disastro ostinato ma generalmente calmo, che si impossessa dei canali auditivi e della decodifica verbale e rende difficile, a volte impossibile, decifrare le parole dell'altro. Che cosa posso dire, se non capisci. Cosa puoi rispondermi, se non comprendo. Il prisma nel bicchiere è sempre lo stesso, di un azzurro slavato e chiaro, ma porta con sé interrogativi profondi senza risposta e un senso inestinguibile di estraneità. Ora che il processo è completo e non so più chi sei, il disastro della non comprensione è come un urlo sordo e molto, molto lontano, che echeggia in un punto indistinto della mia anima, che si è fatta come di grano bruciato, una distesa enorme e senza un confine preciso, dove tutto è arido e senza possibile argomentazione.

Il disastro del non dolore

Che discorso si può fare sul non dolore, se non dire che incarna l'assenza di discorso per eccellenza? La condizione che si verifica in totale mancanza di empatia. Non chiusura, ma insensibilità. Non indifferenza, ma incapacità di risuonare. Tutto quello che, in questo spazio della casa e dell'incontro, era fonte di suono, di ascolto, di onde rimpallate tra corpi secondo le leggi dell'acustica, diventa muto. Perché il disastro del non dolore ha preso lo spazio che ambiva, gonfiandosi come una bolla di silenzio che ha divorato paziente ogni rumore. È quiete, adesso, la quiete del non dolore, il riposo agognato che cerca chi ha sofferto e di colpo, un giorno, avverte che non è in grado di sentire più. Sentire il dolore, certo, ma anche sentire il rumore di fondo del giorno. Sentire lo sguardo dell'altro e la sua serenità. Tutto diventa un ricordo sfumato, qualcosa che appartiene a epoche lontane, quando era lecito ferirsi e ci si spingeva a pensare che in fondo la vita è anche una forma di fastidio. Ora tutto è calmo, ma il sollievo ha la forma della rinuncia. Una rinuncia attonita che lascia intuire, dietro alle lotte del passato, che l'unico senso che resta è un perimetro che circonda il vuoto.

Il disastro del non amore

Il non amore rivendica il suo spazio quando tutto è concluso e sullo sfondo del giorno si intravede soltanto un tramonto di stanchezza. È una leggera mutazione dell'elettricità nell'aria, dei parametri di umidità, che rende la luce più dilatata e intensa, come nella scena notturna di un film a basso costo. Il respiro si fa più lento e profondo e sembra impossibile che un tempo si siano condivise emozioni che oggi, a ben vedere, risultano prive di significato quando non addirittura sospette di esternazioni ridicole. C'è poco da fare, quando il non amore attecchisce il disastro che ne consegue è di quelli duraturi, del tipo resistente al tempo e allo spazio che si espande imperterrito, come a voler tracciare una più sicura distanza tra te e il mondo. Il non amore si definisce rispetto a un amore possibile, anche solo immaginato, ed è per questo che possiamo descriverlo come un disastro non sufficiente a sé stesso. Ha bisogno di qualcosa da cui prendere le distanze, di un legame che lo definisca in senso inverso, di un doppelgänger che è in realtà il polo positivo di questa relazione, ma lo si può definire come negativo se osservato dal punto di vista del disastro. Questa sua condizione derivativa non rende il non amore meno efficace. È sospetto di forme malinconiche, anche se in realtà può dirsi davvero compiuto solo quando il ricordo del suo doppio suona a malapena come un riverbero nelle mattine gelide. Solitamente lo accompagna una strana refrattarietà al canto.

Il disastro dell'oblio

Il disastro dell'oblio è il disastro più atipico e bizzarro, un disastro calmo, una dimensione placida che non per questo induce meno orrore. È un disastro che, di fronte al dolore, qualcuno addirittura invoca. Ha la capacità di diramarsi in regioni del ricordo che nemmeno sospettiamo, che prendono la forma di una sfocatura, di una distorsione spazio-temporale del nostro personale continuum di quella che chiamiamo memoria. L'oblio scende come una nebbia lattiginosa che lascia poco spazio al visibile. Il ricordo, allora, diviene una questione di olfatto. Se si è in grado di risalire lungo le scogliere dell'odore, di quel mondo senza sguardo celebrato dal profumo, si può riuscire per un attimo a visualizzare la forma precisa del passato. Quel passato, quando la tua presenza disegnava un orizzonte inedito, immaginario eppure reale. Il disastro dell'oblio mette fine al ricordo, ma anche al suo dolore; la sua forza risiede nella costanza con cui erode, pezzo a pezzo, la roccia su cui pensavamo di avere costruito. E non è nemmeno questo il suo disastro maggiore, ma la sensazione che lascia una volta compiuto il suo lavoro, come se tutto fosse passato senza un motivo, come se il passato fosse solo un grande immenso vuoto sul quale ha poco senso interrogarsi.

Il disastro dei sentimenti

Potremmo non farci scalfire dalle relazioni con gli altri, che ci rendono deboli, scoperti, vulnerabili. Potremmo fortificarci per affrontare il mondo, la pioggia, la cattiveria della natura, e indurirci come pietra, per morire rigidi – come rigidi si muore, una volta prosciugata ogni linfa che alla nascita ci faceva morbidi, flessibili, umidi, plasmabili e vellutati al tatto come il petalo di un fiore appena sbocciato. Potremmo farlo, perché il disastro dei sentimenti ci rende aperti alle infezioni dell'anima, fragili di una fragilità che è un invito alla colonizzazione del nostro corpo da parte dei batteri della tristezza. Ogni sentimento ha una funzione, la gioia, il dolore, si manifestano perché si possa compiere l'incarico per cui siamo programmati, riprodurci, mantenerci in vita, replicare la specie. E il sentimento, misero e umano accidente, non ha altri propositi che spingerci all'impresa. Ogni suo sussurro è un'invenzione, una realissima forma di menzogna. E noi, incantati come serpenti, seguiamo il flauto delle interazioni sentimentali come una melodia dolcissima, foriera di significati cercati per tanto. Che quella musica, alle orecchie del cosmo, sia solo rumore di fondo, frequenza senza melodia, è un sospetto che tracima dagli occhi, quando si lasciano accarezzare dall'umore di una lacrima.

Il disastro del meteorite

Il meteorite corre a gran velocità, ma la sua posizione relativa rispetto alla Terra può farlo sembrare lentissimo, quasi fermo, sospeso nella corsa, quando invece sta compiendo caparbio la propria traiettoria e mano a mano si avvicina. La massa del meteorite è tale che se dovesse entrare in collisione con la Terra l'esplosione che ne scaturirebbe sarebbe come quella di centomila bombe atomiche, il che è quasi inimmaginabile, soprattutto perché il diametro di questa enorme pietra che viaggia sopra le nostre teste non è poi così esorbitante, qualche chilometro appena, che è sicuramente molto, ma non troppo se paragonato all'estensione del pianeta. Come possa sprigionarsi una simile energia è un mistero nascosto nella legge di attrazione dei corpi, quella che mi spinge verso te e che forse spinge anche il meteorite verso la Terra, pronto a creare un nuovo cratere di Chicxulub. È esattamente quella la forma della mancanza, penso, quel senso di perdita e di assenza che provo quando guardo nei tuoi occhi fermi, profondi come un pozzo nero, e medito che in questo nostro perderci e trovarci e ancora perderci è come se un pezzo della crosta terrestre fosse spazzato via, un pezzo della crosta che ci difende dal mondo, dai raggi cosmici, dalle lacrime e dal vento solare.

Il disastro della grandine

La grandine si abbatte con violenza inaudita quando poco prima non c'era avvisaglia di pioggia. Solo un'aria satura di umidità, che disegnava piccoli arcobaleni negli spruzzi opalescenti. Una voglia di elettricità pervade l'aria senza preavviso e poi, di colpo, la pioggia. Poi, ancora più improvvisa, la grandine. E il suo rumore di proiettili impazziti, che sbattono sui cruscotti e sui vetri delle auto, che rimbalzano come chicchi di sale sui marciapiedi, come se qualcosa lassù si fosse rotto in modo definitivo e senza appello. E il rumore sale, si infittisce, ancora più violento, e sembra non voler smettere più. Solo la fiducia nelle leggi di causa ed effetto mi dicono, in una parte remota del cervello, che tutto questo finirà a breve, che il rumore assordante lascerà spazio a un assordante silenzio, attutito a malapena dalle gocce più pesanti, che si staccheranno gravi dai cornicioni per cadere nelle pozzanghere. Il resto del mio essere, invece, è pervaso dalla convinzione che il rumore non cesserà più, aumenterà anzi di frequenza, e interi iceberg cadranno sulla terra spazzando via ogni cosa, impadronendosi del mondo così come quel ritmo martellante si è impadronito del mio cuore, che crede di dover piovere, pensandoti.

Il disastro della carestia

All'inizio non se ne rese conto nessuno, nonostante gli articoli allarmisti che da anni occupavano le prime pagine dei giornali, ma che in tanti, politici inclusi, bollavano come il sogno visionario di ecologisti arrabbiati o come le speculazioni ciniche degli investitori in cibi liofilizzati. Ma poi il cibo cominciò a essere meno nutriente e noi vagavamo come in preda a un sonno impossibile da smaltire, gli occhi cisposi, le membra deboli. Il giorno sembrava un'infinita distesa gialla impossibile da attraversare e il cibo divenne sempre meno.

Finché cominciò a essere considerato più prezioso dell'oro. In quei momenti, mentre il mondo affondava nella sua miseria, pensavo a quanto siamo determinati dalla biologia, a quanto i nostri pensieri si plasmino sulle necessità del corpo, a come, in sostanza, ogni speculazione lasci il passo a questioni sinistre di sopraffazione della vita sulla vita quando la nostra, di vita, viene messa in discussione. Eppure il mio pensiero fisso restava comunque il tuo volto, ai tuoi occhi si rivolgeva e alla luce scintillante che ogni volta riflettono, come fossi tu l'unico nutrimento possibile mentre gli zuccheri calano drasticamente e il corpo si appresta a bruciare l'ultima riserva di grasso. Il mio corpo si consuma ma la fiamma che lo arde di deprivazione è alimentata non dai processi chimici degli organi, ma dalla fossa mistica che si trova sulla tua fronte, nell'incavo esatto tra il naso e le sopracciglia.

Il disastro neoplastico

Si muove come un codice impazzito, lungo i recessi del corpo, il disastro della neoplasia. Un fremito, un'ansia muta che percorre le membra senza che ci sia alcuna avvisaglia, con l'intento di riscrivere la trama intima della materia, di riorganizzare ciò che è stato già organizzato, di disporre e prendere spazio e rigonfiarsi come a chiedere, implorare, un volume che il tempo, l'istologia, l'opera suprema non avevano concesso. Poco importa se tutto se ne tornerà al creatore, ovvero alla materia primigenia, poco importa se la riorganizzazione dei codici ha per effetto un'escrescenza dolorosa che porterà con sé, nel suo grido di esistenza che ricade nel non essere, tutto ciò che l'alimenta. Poco importa perché il codice si riorganizza e corre come un bisogno inestinguibile, nato dall'incontro di una diversità che nasce da noi stessi. E quella febbre io la conosco, quella febbre che squassa le membra e le riduce a inutili appendici, quel tremore negli arti e il sudore, il calore che sembra consumare ogni cosa dall'interno. È lo stesso tremore, lo stesso calore che ho provato incontrando il tuo odore la prima volta e riconoscendomi di colpo, consapevole della tua natura di codice impazzito che correva sotto pelle, che riscriveva intimamente, fino in fondo al gorgo molecolare, la trama più intima del mio essere. Un'alterità che sgorgava da me stesso e che certo mi avrebbe portato alla rovina, non senza avermi mostrato tuttavia la possibilità del diverso che alberga dentro la mia carne.

Il disastro della mutazione

Il venerdì era giorno di mercato e quando di colpo l'amministrazione decise per la chiusura non ci fu una ribellione, ma solo un grande senso di spaesamento. La gente si aggirava come in preda a un sogno e non riusciva a mettere a fuoco i sentimenti contrastanti che la attraversavano. Il cambiamento era un fattore di destabilizzazione, perché tutti avevano pensato alla propria esistenza come all'edificazione di un caseggiato, radicato e saldo sulle proprie fondamenta. Invece io e te avevamo cominciato a mutare già da prima che chiudessero i negozi. La nostra esistenza sembrava destinata all'incognita e anche se sapevamo che il baricentro reciproco per noi era l'altro, qualcosa cominciava a mettere in discussione le forme e la loro complementarità. Il disastro della mutazione è inintelligibile, perché si verifica un poco ogni giorno e di colpo, pur conoscendoti, la mia mano stringeva volumi sconosciuti, si muoveva su una superficie inedita. Tutti cambiano nel tempo, questo è evidente, ma non sapevamo che col tempo non ci saremmo andati più bene. Sapere di poter entrare uno nell'altra, essere complementari come due forme geometriche, aveva dato ai nostri giorni il sapore di un teorema inconfutabile. Scoprire che quelle forme cambiano, che gli incastri possono rivelarsi di colpo dissonanti e persino non avere più luogo è stata un'epifania destabilizzante, ma ha messo in chiaro che ognuno di noi, da quel momento, per tenersi ancorato all'altro, avrebbe potuto contare solo su sé stesso.

Il disastro della coscienza

L'aspetto più disarmante dell'essere umano è la sua capacità analitica. La capacità di scrutare nel passato, apprendere e prevedere il futuro. La magia del calcolo e della statistica, con cui tiene a bada le bizze del caso e addomestica i sistemi complessi. Tutto quello che serve a migliorare la vita pratica degli esseri umani, a soddisfare i loro bisogni, ad allungare la loro permanenza sulla Terra. Ce n'è a sufficienza – mi dico guardandoti negli occhi, mentre resto stregato dal tuo volto – per considerare questa scimmia evoluta come un essere superiore. Non un essere magico, né divino, ma consegnato a uno scopo. Lo scopo – rifletto mentre inebetisco davanti alla luce che scintilla sul tuo labbro inferiore – è ciò che dà senso alle azioni; il senso – soppeso mentre la linea abissale dei tuoi capelli, come un filo a piombo, mi provoca un tuffo al cuore – è ciò che ci dà un baricentro. Ma l'aspetto più disarmante di questa capacità di articolare il senso sta nel fatto che non ha senso alcuno. Che è esattamente come gli artigli delle tigri, le zanne dei leoni, uno strumento affinato per impadronirsi della realtà e farne consumo. Un'illusione per sopravvivere. E così, di fronte al mio sguardo attonito, riflesso nel pozzo dei tuoi occhi, mi fermo a pensare a che disastro sia la coscienza, il più ingenuo di tutti e anche il più devastante. E di colpo mi assale una sensazione di soffocamento, come stessi per annegare nel nero della tua pupilla, ringraziandola per i momenti in cui è in grado di spegnere ogni illusione di significato.

Il disastro dell'infinito

La misura incommensurabile che caratterizza l'universo è qualcosa di troppo vasto per poter essere processato dalla mente umana. Ci si può aiutare con calcoli astrusi, potenze di potenze, numeri che all'occhio inesperto non dicono molto e all'esperto parlano comunque di un'approssimazione. Se anche la materia del cosmo fosse misurabile, potremmo compiere questa operazione solo per l'universo visibile e nessuno sa quanta porzione di materia e spazio esista oltre il confine di quello che può essere percepito nella nostra regione di universo. Sappiamo solo che c'è, potenzialmente infinito, uno spazio là fuori. E al suo interno innumerevoli mondi. Ma l'infinito è paralizzante, è una non scelta, è il regalo avvelenato della complessità. Io ti guardo e sogno un mondo di scelte discrete, di porzioni distinte e ordinate di esistenza, dove la scelta sia un'opzione concreta, a misura di cervello umano. L'infinito delle scelte è un fiore tossico, uno spettro di possibilità che annebbia la vista, infiacchisce le membra e carica il corpo di una spossatezza senza fine. Laddove il finito ci parla della possibilità, illusoria, di un ordine, l'infinito batte i pugni sul tavolo e fa saltare le carte. Io ti guardo, e i confini del tuo viso che un giorno sfiorirà e sarà polvere sono la prigione più bella, mi dico, il confine prezioso, dove la scelta dà senso alle cose senza soffiarle via, coi venti cosmici, nel turbinio delle nebulose e nel rombo delle galassie sperdute.

Il disastro del mondo

L'universo nasce dal disastro, dalla detonazione originaria, e verso il disastro corre. Tutto, nel mezzo, è disastro di proporzioni spettacolari, collisioni interplanetarie, esplosioni stellari, materia incandescente che arde per miliardi di anni come se cantasse lodi al cataclisma che fa muovere astri e particelle. E persino il movimento è disastro, mutazione e continua consunzione, trasformazione che fa cenere di tutto ciò che cambia. Unica salvezza è portarsi avanti, anche solo di un poco, scattare e spingersi più oltre prima che il disastro ci cada addosso, spazzando via tutto ciò che siamo stati, destinandolo a un oblio muto, perché peggio della morte c'è solo il destino di non essere compresi, non essere ascoltati. Il senso stesso del mondo è il collasso, il disfacimento, l'entropia; la dimenticanza è il suo destino. Eppure, in questa anarchia di forme, in questa confusione cosmica di sostanze, qualcosa emerge di luminoso e organico e carico di bellezza. Questo fortunato lancio di dadi è tutto ciò che abbiamo, e spostarlo in avanti, un passo avanti al disastro del mondo, è ciò che ci resta e ciò che ci muove, ciò che ci disegna e che ci dà respiro. Non vinceremo, un giorno il disastro sarà più veloce delle nostre membra stanche, ma tu, che sei un passo avanti al disastro, disegni con me nel frattempo una danza luminosa sulla pista tracciata dai detriti del mondo.

Estinzione

E poi sarà come se non fossimo mai esistiti. Chiuderemo gli occhi sul nulla come li tenemmo chiusi prima di venire alla luce. Nuove specie prenderanno il nostro posto e saranno forme di vita non ancora immaginabili, frutto di assemblaggi biologici, conglomerati di particelle che seguiranno il nuovo ordine che emergerà dal disordine dell'estinzione. Una sovversione totale della terra e dell'atmosfera, come dopo la Catastrofe dell'Ossigeno, lo sconvolgimento che all'inizio del Sideriano, squillo di tromba dell'era Paleoproterozoica, sterminò la vita anaerobica grazie alla diffusione di un gas letale chiamato, appunto, ossigeno. Da quel disastro si generò la vita come noi la conosciamo e quel veleno sterminatore divenne a sua volta fonte di esistenza. Così sarà per noi, e ciò che spazzerà via le condizioni stesse della vita sarà probabilmente fonte di vita per quel qualcosa che verrà dopo. Non resterà traccia, se non geologica, sepolta, dimenticata, del nostro passaggio sulla terra. E chissà se delle nostre angosce e delle nostre effimere gioie sarà possibile dedurre qualche cosa. Chissà se, nell'inconoscibilità in cui pure il nostro amore sarà racchiuso per sempre, sarà almeno possibile immaginare che qualcosa di simile sia esistito. Oppure, invece, la vita che verrà avrà l'elegante indifferenza di certi uccelli, che disegnano traiettorie affascinanti ma che guardano solo avanti. Chissà se esisteranno degli occhi, nell'era di questa vita inimmaginabile, e se saranno attenti a ciò che è stato in un mondo remoto, o non saranno, piuttosto, carichi della placida indifferenza dello sguardo di un vitello, liquidi e armoniosi ma affacciati solamente sul presente. Se così fosse, per noi, sarà come se non fossimo mai esistiti.

Epilogo

E poi anche la vita finirà, e la Terra, e il Sole che esplodendo spazzerà via l'intero sistema di pianeti che aveva legato a sé in un tempo primordiale. Sarà una catastrofe enorme, per la nostra scala di percezione che però non esisterà più, anche se in realtà costituirà un evento tutto sommato contenuto, rispetto ai giganteschi buchi neri che ingoiano le galassie, e per giunta un disastro periferico, geograficamente marginale. Ma tutto il resto, piano piano, collasserà, ogni galassia, ogni stella, ogni parte del cosmo sconosciuto.
Chissà se nell'universo freddo, senza vita né calore, senza spinte centrifughe né energia, risuonerà ancora il riverbero di questo sentimento che ci legò un tempo oramai immemore, cancellato dalla misura incommensurabile della materia espansa, esplosa, gelidamente alla deriva. Chissà che suono senza suono farà quel riverbero. Chissà che cosa resterà oltre noi, che non saremo più niente, di quello che provammo e che ci fece più grandi delle piccolezze che eravamo. Che per un tempo e per uno spazio così fragili, prima ancora che infinitesimali, ci fece più di noi, oltre noi.

INDICE

Amuleto

1. Graziano Graziani, *Planimetria sentimentale del disastro*
2. Elisa Davoglio, *Nella città più fredda*